AF467763

AGNÉS DE CHAILLOT,

COMEDIE.

PAR MONSIEUR DOMINIQUE,
Comedien de S. A. R. Monseigneur
LE DUC D'ORLEANS.

Representée par les Comediens Italiens de Son Altesse Royale, Monseigneur LE DUC D'ORLEANS.

SECONDE EDITION.
Le prix est de vingt-cinq sols.

A PARIS,
Chez FRANÇOIS FLAHAULT, Quay des Augustins, au coin de la ruë Pavée, au Roy de Portugal.

M. DCC. XXIII.

Avec Approbation, & Permission.

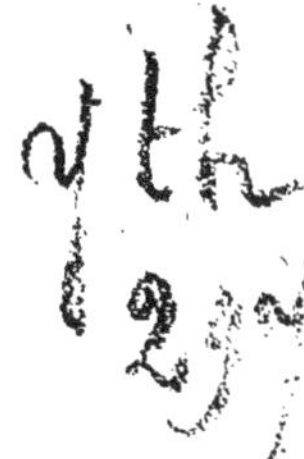

ACTEURS
de la Comedie.

TRIVELIN, ancien Bailly de Chaillot, surnommé le Justicier.

LA BAILLIVE, sa femme.

PIERROT, Fils de Trivelin.

AGNE'S, servante du Bailly, & mariée secretement à Pierrot.

CROUTON, Ambassadeur de Gonnesse.

DEUX MITRONS.

ARLEQUIN, Bedeau & parent du Bailly.

<table>
<tr><td>LE MAGISTER,
LE MARGUILLER d'honneur,
LE CARILLONNEUR,
Quatre PAYSANS,</td><td>} Personnages muets.</td></tr>
</table>

Quatre ENFANS.

LA NOURRICE des Enfans.

UN ARCHER.

PAYSANS & PAYSANES.

La Scene est à Chaillot, dans la Maison de Trivelin.

AGNÉS DE CHAILLOT, COMEDIE.

SCENE PREMIERE.

LE BAILLY, LA BAILLIVE, AGNE'S, *Quatre* PAISANS.

LE BAILLY.

MOn Fils ne me ſuit point ! ſans peine je l'excuſe,
Il vient de remporter le prix de l'arque-buſe :
Il eſt encor tout plein de cet excès d'honneur,
Mais de Gonneſſe enfin, voici l'Ambaſſadeur.

LA BAILLIVE.

Pour me dire ces mots faut-il tant de mistere ?
Moi qui fus de Gonnesse, autrefois Boulangere,
Je dois bien le connoître, il se nomme Crouton,
Mon fils depuis un an en a fait son Mitron :
Mais, Monsieur le Bailli toûjours avec emphase,
Vous nous faites valoir jusqu'à la moindre phrase.

LE BAILLY.

Aprenez qu'un Bailli doit parler gravement,
Mais de l'Ambassadeur, oïons le compliment.

SCENE II.

LE BAILLY, LA BAILLIVE, AGNE'S. *suite du Bailly*, CROUTON, *Ambassadeur de Gonesse, & sa suite.*

CROUTON.

JE sommes députez des Bourgeois de Gonnesse,
Qui vous marquent, par Nous, Bailly, leur allegresse,
Ils sont tretous joïeux, que Monsieur vôtre fils
De l'Arquebuse enfin ait remporté le prix ;

Goûtez, Bailly, goûtez, non pas deux fois, mais
quatre,
La gloire que ce Fils, ſur vous a ſçû rabattre :
Ah ! quel plaiſir pour vous, de faire tant de bruit !
Et d'être par un Fils, rengendré, reproduit,
Que vous êtes heureux ! chez vous rien ne décline,
Vous vendez votre ſon, mieux que votre farine ;
Vous mettez tout en branle, & vos vœux ſont contens,
J'en partageons la joïe avec vos Habitans ;
Notre Maître ſur tout, de ſi bon cœur s'y livre,
Que depuis avant hier il n'a ceſſé d'être yvre.

LE BAILLY.

Vôtre Maître, Crouton, m'eſt uni doublement,
Sa mere eſt mon épouſe, on ne ſçait pas comment;
Mais n'importe, cela ne fait rien à l'affaire ;
Et le même Contrat qui m'unit à ſa mere,
Veut que mon Fils Pierrot ſoit l'époux de ſa Sœur.

LA BAILLIVE.

Sans que vous le diſiez, on ſçait cela par cœur.

LE BAILLY.

Ainſi dans nos Enfans nous nous verrons renaître,
A dieu... de mes deſſeins inſtruiſez vôtre Maître,

Dites-lui, que Pierrot épousera sa Sœur.

L'Ambassadeur se retire avec toute sa suite.

SCENE III.

LE BAILLY, LA BAILLIVE, AGNE'S.

LA BAILLIVE.

Vous renvoïez bien-tôt ce pauvre Ambassadeur;
Vous deviez bien du moins le prier de la Nôce;
Ou pour s'en retourner lui prêter vôtre rosse.
Mais sur un autre fait discourons entre nous:
Vôtre fils, que déja ma fille aime en époux,
Ne la regarde pas, elle est inconsolable.

LE BAILLY.

Que m'apprenez-vous là, ce seroit bien le diable,
Pour Constance, Pierrot seroit indiférent?
Il le faut excuser, les honneurs qu'on lui rend
Lui montent à la tête, il en est dans l'yvresse,
Car souvent les honneurs enyvrent la jeunesse.

LA BAILLIVE.

Il faut à son devoir ranger cet étourdi,
Il a du cœur, il est entreprenant, hardi,

Ne manque pas d'esprit, sa figure est gentille,
Il excelle au Billard, & sçait bien le Quadrille;
Dans tout notre Village, il n'a point son égal:
Mais convenez aussi qu'il est un peu brutal.

LE BAILLY.

Allez ne craignez rien, je sçaurai le réduire,
Reposez-vous sur moi, ce mot doit vous sufire;
Je vais trouver Constance, & dans le même tems,
A mon coquin de fils parler des grosses dents.

SCENE IV.

LA BAILLIVE A AGNE'S *qui travaille en tapisserie.*

AGnés pour m'écouter, laissez-là votre ouvrage.
Eh bien! que dites-vous de tout-ce tripotage?

AGNE'S *d'un air simple.*

Moi, Madame?

LA BAILLIVE.

Pierrot pourroit vous en conter,
Souvent dans vôtre Chambre, il va vous visiter:

Etes-vous ſa maîtreſſe, ou bien ſa confidente ?

AGNE'S.

Hélas ! je ſuis, Madame, une pauvre innocente,
Qui ne ſçait pas encore à quoi ſert un Amant.

LA BAILLIVE.

Vous parlez en niaiſe, & penſez autrement.

AGNE'S *ſoûpirant.*

Qui, moi ? je ne ſçais pas ce que vous voulez dire.

LA BAILLIVE.

Vous ſoûpirez je crois ?

AGNE'S.

Non, c'eſt que je reſpire.

LA BAILLIVE.

Vous appellez cela reſpirer ? jour de Dieu,
Si quelqu'un à ma Fille arrachoit un cheveu,
C'eſt comme s'il oſoit me l'ôter à moi-même,
Ma Fille eſt mon bijou, je la chéris, je l'aime ;
Eſt-il rien de ſi beau que cette Fille-là ?
Si-tôt qu'elle paroît, chacun dit... la voilà.
Qu'elle vienne à ſous-rire, ou tourner la prunelle,
On entend ſoûpirer tout le monde au tour d'elle ;

Et cependant je vois qu'on la méprise ici ;
Mort de ma vie, il faut éclaircir tout ceci,
Chargez-vous de ce soin, entendez-vous, ma mie ?
Sçachez par qui ma fille est aujourd'hui trahie,
Apprenez-moi sur qui doivent tomber mes coups,
Découvrez sa rivale, ou je m'en prens à vous.

Elle s'en va.

SCENE V.

AGNE'S *seul.*

AH Ciel! qu'ai-je entendu ? quelle affreuse tempête,
Si j'en crois ses transports, va fondre sur ma tête ?
Heureuse en ce péril qui me glace d'effroi,
Si je n'avois encor à craindre que pour moi.

SCENE VI.

PIERROT, AGNE'S.

AGNE'S.

VEnez mon cher Pierrot.

PIERROT.

Je vous vois toute émûë,
Qu'avez-vous belle Agnés ?

AGNE'S.

Vôtre Agnés est perduë,
On vous fait épouser Constance dès ce jour.

PIERROT.

Et que deviendra donc chere Agnés nôtre amour ?

AGNE'S.

O trop funeste amour ! avant que de m'y rendre,
Vous sçavez quels efforts je fis pour m'en défendre.
Un jour dans ma Cuisine entré secretement,
Vous vintes me conter vôtre amoureux tourment :
Je vous priai cent fois de me laisser tranquile,
Vous n'écoutâtes point ma priere inutile ;

Et me ſerrant les mains, embraſſant mes genoux,
Vous fîtes éclater les tranſports les plus doux.
Mais piqué des rigueurs de ma vertu mutine,
Vous prîtes auſſi-tôt le Coûteau de Cuiſine;
Je craignis pour vos jours, j'arrêtai vôtre main,
Et je vous empêchai de vous percer le ſein.
Vous jettâtes le trouble, & l'effroi dans mon ame,
Dés ce même moment je devins vôtre femme,
Mais hélas, tout conſpire aujourd'hui contre nous!
On veut, mon cher Pierrot, briſer des nœuds ſi doux.
Vôtre marâtre enfin que la rage tranſporte,
Me ſoupçonne déja.....

PIERROT.

Que le diable l'emporte;
Mais n'apprehendez rien, je ſçaurai vous venger,
Si quelqu'un dans ces lieux oſe vous outrager:
Calmez-vous, belle Agnés, banniſſez les allarmes,
Vos yeux ne ſont point faits pour répandre des larmes,
Ils doivent s'occuper à des emplois plus doux.
Vous fîtes tout pour moi, je ferai tout pour vous.

AGNE'S.

Point de révolte au moins ; mon fils, qu'il vous ſouvienne,
Que lorſque je reçûs vôtre main, vous la mienne ;
Avant que nous coucher, vous me promîtes bien,
Que jamais contre un pere.... :

PIERROT.

Ah ! je ne promis rien ;
Que diable dáns la tête, allez-vous donc vous mettre?
Ne pouvant rien prévoir, que pouvois-je promettre?
Sçavois-je que mon pere, à ſoixante & quinze-ans,
Reprendroit une femme avec de grands Enfans ?
Et que de cette femme on m'offriroit la fille,
Pour ne faire par là qu'une ſeule famille ?
Mais pour ne rien riſquer dans des périls ſi grands,
Fuïez, fuïez, Agnés, avec nos chers Enfans ;
Ces gages précieux de notre amour parfaite.

AGNE'S.

Non, non, je ne dois point ſonger à la retraite,
Nous découvririons tout, laiſſez-moi dans ces lieux ;
Mais ne nous voïons plus.

PIERROT.

Chere Agnés, je le veux,
Il faut vous obéïr, mon pere va m'entendre,
Cachez bien l'interêt que vous y pouvez prendre,
Pour quelque temps encor, dissimulons nos feux;
Et faisons sur nos cœurs cet effort genereux;
Mais du moins baise-moi, la chose m'est permise;
C'est une liberté que l'himen autorise.

AGNE'S.

Que me demandez-vous?

PIERROT.

Rien qu'un petit baiser;
Cette faveur, Agnés, ne peut se refuser,
C'est tout ce qu'à present mon amour se propose;
Je me garderai bien d'éxiger autre chose.

AGNE'S.

Hé bien soit . . . ,mais j'ai peine à sortir de ce lieu,
Nous nous disons peut-être un éternel à dieu.

Elle s'en va.

SCENE VII.

PIERROT *seul.*

J'Attens ici mon pere, il croira me confondre,
Mais à bon chat, bon rat, je sçaurai lui répondre :
Il vient. Constance ici devoit suivre ses pas,
Mais elle fera mieux de n'y paroître pas :
La belle vainement chercheroit à me plaire,
Sa présence en ces lieux n'est pas fort nécessaire.

SCENE VIII.

LE BAILLY.

JE vous cherchois, mon fils, & je vous trouve ici.

PIERROT *d'un air fier.*

A la bonne heure.

LE BAILLY.

Enfin, mon cher fils, Dieu merci,

Vous avez comme il faut imité mon adresse,
Aux jeux où l'on m'a vû briller dans ma jeunesse:
Il s'agit de sçavoir, si dans d'autres exploits,
Où l'on scait que j'étois un Compere autrefois,
Vous pourrez dignement égaler votre pere:
Je veux vous marier à Constance, & j'espere . . :
Vous secoüez la tête, expliquezvous.

PIERROT.

Hélas!
Sans que je dise rien, ne m'entendez-vous pas?

LE BAILLY.

Ah! j'entens, vôtre cœur ne ressent rien pour elle?
Elle n'est pas peut-être à vos yeux assez belle.
Est-ce au fils d'un Bailly de regarder aux traits?
Il ne doit consulter que ses seuls interêts,
Constance, en l'épousant, va vous mettre à vôtre aise;
Enfin, que sa beauté vous plaise, ou vous déplaise,
Vous serez son époux, j'ai résolu cela,
J'ai donné ma parole.

PIERROT.

Hé bien, retirez-la.

Quoi ! le Fils d'un Bailly n'aura pas l'avantage,
Qu'on ne refuse pas au dernier du Village ?
On veut jusqu'à ce point contraindre mon ardeur,
Et je ne pourrai pas disposer de mon cœur ?

LE BAILLY.

Nous avons un dédit d'une assez grosse somme,
Et si de le païer, il faut que l'on me somme....

PIERROT.

Faut-il à vos genoux me jetter ? m'y voila.

LE BAILLY.

Tarare ....il s'agit bien maintenant de cela ;
Il s'agit de païer, ou tenir ma promesse,
Sur moi je ne veux point attirer tout Gonnesse.

PIERROT.

Nos Manans, s'il le faut, vous prêteront la main :
Le Bailly d'un Village en est le Souverain :
Des Mitrons peuvent-ils vous causer tant d'allarmes ?
Dites un mot, je suis prêt à prendre les armes.
Le plus affreux danger ne peut m'intimider,
Dans un péril pressant, il faut tout hasarder,
Rien ne me fait trembler, j'ai du cœur, de l'adresse,
J'ose dés à present défier tout Gonnesse.

En

En vain ſes Habitans s'armeroient contre vous,
C'eſt aſſez de moi ſeul pour les abattre tous.

LE BAILLY.

A cet emportement je ferai la Réponſe,
Que fit en pareil cas à ſon fils Dom Alphonſe.
Vos fureurs ne ſont pas une regle pour moi,
Vous parlez en Soldat, je dois agir en Roi.

PIERROT.

A quoi bon me citer ce beau vers de Corneille,
Dont vous avez cent fois étourdi mon oreille.

LE BAILLY.

Je crois que ce coquin ſe mocque encor de moi!
Oh! vous m'obéïrez, ou vous direz pourquoi.

PIERROT.

Non, je ne ferai point ce qu'on veut que je faſſe.

LE BAILLY.

Vous le ferez, ou bien du logis je vous chaſſe,
En un mot, je le veux.

PIERROT.

Et moi ce que je ſuis
Ne me permet auſſi qu'un mot, . . . je ne le puis.

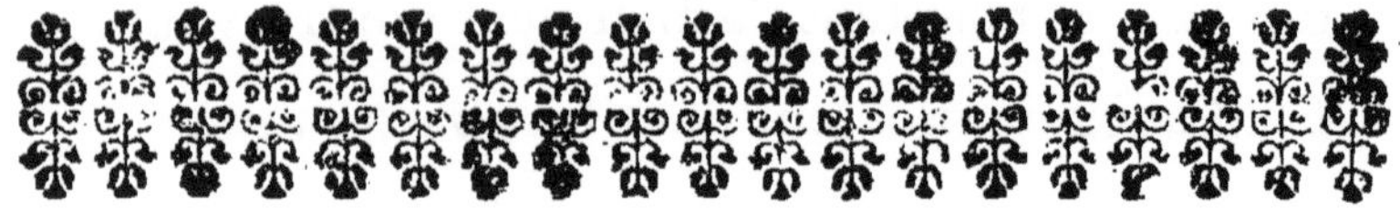

SCENE IX.

LA BAILLIVE, LE BAILLY, PIERROT, AGNE'S.

LA BAILLIVE.

MOn mari, pour le coup j'ai découvert l'affaire,
Ne vous étonnez plus qu'à vos desirs contraire,
Pour ma Fille, Pierrot ne montre que mépris,
Voilà l'indigne objet dont son cœur est épris.

En montrant Agnès.

LE BAILLY.

Ma Servante!

AGNE'S.

Ah! bon Dieu, moi! l'innocence même!

PIERROT.

Ne désavoüez point, Agnés, que je vous aime:
A quoi bon ces détours? il n'en faut plus chercher,
Mon amour est trop grand pour le pouvoir cacher.

LE BAILLY *à Agnés.*

Cela ſeroit-il vrai petite mijaurée,
Qui faites devant nous la ſotte & la ſucrée ?

PIERROT.

Ah ! faites ſur moi ſeul, tomber votre couroux,
Agnés n'eſt point coupable, & jamais...

LE BAILLY.

Taiſez-vous.
Ma femme, entre vos mains, je remets la coquine,
Allez la renfermer, à clef, dans la Cuiſine.

PIERROT.

Ah ! quel Ordre barbare ! Agnés, ma chere Agnés ;
Quoi ! je ne verrois plus de ſi charmans attraits !
Je ne permettrai point qu'elle me ſoit ravie,
Et je ſoufrirois moins ſi l'on m'ôtoit la vie.

LE BAILLY.

Vous ne la verrez plus.

PIERROT.

Ah ! mon Pere, arrêtez ;
En quelles mains, hélas ! la laiſſez-vous ?

LE BAILLY.

Sortez.

PIERROT.

Quelqu'un va le païer, ou je me donne au diable...
Je sors; mais je crains bien de revenir coupable.

LE BAILLY *à sa femme.*

Avertissez nos gens de l'observer de près,
Tandis que je m'en vais entretenir Agnés.

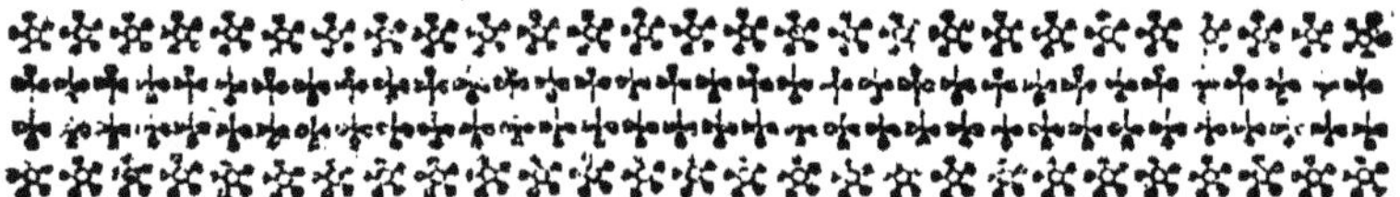

SCENE X.

LE BAILLY, AGNE'S.

LE BAILLY.

OH ça, ma chere Agnés, parlons sans nous contraindre,
Quelque sujet que j'aïe aujourd'hui de me plaindre,
Je vous aime, & je veux vous prendre par douceur.
Mon Fils nourrit pour vous une coupable ardeur,
Tâchez de l'en guérir. Vous sçavez que Constance,
Doit faire, avec Pierrot, une étroite alliance,
Avec un bon garçon, je veux vous marier,
Feu votre ayeul étoit mon pere nourricier;

Le bon-homme pour moi ſignalant ſa tendreſſe,
Avec un ſoin extrême éleva ma jeuneſſe ;
Il étoit l'Ecrivain du Procureur Fiſcal,
Et dans tous les Procés ſon faux témoin banal :
Auſſi-bien que ſon Maître, il ſçavoit la Pratique,
De la chicanne enfin, il m'apprit la rubrique :
Et comment, ſans aller voler ſur le chemin,
On pouvoit s'emparer du bien de ſon voiſin.
Mais il m'apprit encor, ce vieillard reſpectable,
Qu'un pere pour ſon Fils doit être inéxorable.
Qu'il doit le châtier, & ne ménager rien,
Sur-tout, quand il épouſe une fille ſans bien,
Et que l'on ne peut trop pnnir une Servante,
Quand elle eſt aſſez vaine, aſſez impertinente,
Pour oſer s'amuſer au Fils de la Maiſon.
De vorrē ſage Aïeul, telle fut la leçon ;
Chere Agnés, & pour prix de ma reconnoiſſance,
Vos Services auront bien-tôt leur récompenſe.]
Arlequin, le Bedeau, peut vous donner uu rang,
Vous ſçavez qu'il vous aime, & qu'il eſt de mon ſang :
A l'épouſer demain, chere Agnés, ſoïez prête,
Je m'oblige à vous faire un trouſſeau fort honnête.

AGNE'S.

Pourrois-je me résoudre à lui donner ma foi,
Quand je ne l'aime point?

LE BAILLY.

Agnés, écoutez-moi.
Avec ce mien parent, si l'himen vous engage,
Moi-même je ferai les frais du mariage.
Choisissez, d'un quartier de Vignes, ou de Pré,
Foi de Bailly d'honneur, je vous le donnerai.
Votre Aïeul m'est si cher, j'honore tant sa cendre,
Qu'il n'est rien que de moi vous ne deviez attendre,
Pour faire voir à tous, que le dernier Vassal
Qui forme les Baillis est presque leur égal.

AGNE'S.

Le Bedeau, je l'avouë, est homme de mérite,
Mais de cette faveur, de bon cœur je vous quitte,
C'est répondre fort mal à mes intentions,
Que de païer ainsi vos obligations.
En faveur d'un aïeul votre reconnoissance
Eclatte vainement, & je vous en dispense;
Car si c'est à ce prix que vous vous aquitez,
Je me passerai bien de toutes vos bontez.

LE BAILLY.

Qu'entens-je ! à ce discours, je ne puis rien comprendre :
A la main de mon Fils, oseriez-vous prétendre ?
Ah ! si je le sçavois, je vous ferois bien voir,
Que ce n'est point en vain qu'on brave mon pouvoir.
Mais quoi, vous rougissez, & vous baissez la vûë ...
Agnés, c'est pour le coup que vous sériez perduë ;
Et je me servirois de mon autorité,
Pour vous metre bientôt en lieu de sûreté.

SCENE XI.

LA BAILLIVE, LE BAILLY, AGNE'S.

LA BAILLIVE.

AH ! vraïement mon mari, voici bien du tapage,
Votre Fils animé de fureur & de rage,
Malgré votre défense a forcé la maison ;
Nos gens qu'il a chargez de cent coups de bâton,
N'ont pû lui résister, il a sçû les abattre,
Et pour ravoir Agnés, il fait le diable à quatre.

LE BAILLY.

Malheur que je n'ai pû prévoir, ni prévenir !
Mais tout coup vaille ; allons... me perdre... ou le punir.

SCENE XII.

LA BAILLIVE, AGNE'S.

LA BAILLIVE.

Vous vous faites aimer d'une étrange maniere,
Et voila bien du train pour une Cuisiniere.
Le beau charivari que vous causez chez nous !
Vous avez tant d'attraits, que pour l'amour de vous,
Votre galant ici fait naître le désordre,
Et nous donne aujourd'hui bien du fil à retordre.

AGNE'S.

N'insultez pas du moins, Madame, à ma douleur,
Et lorsque de Pierrot, je prévois le malheur,
Bien loin d'être insensible au chagrin qui m'accable,
Laissez-moi le plaisir de le pleurer coupable.

LA BAILLIVE.

Vous avez animé ce petit libertin,
Agnés, votre malheur n'en est que plus certain,
Puisque vous révoltez le fils contre le pere,
Redoutez les effets de ma juste colere.

AGNE'S.

Madame, puis-je craindre un impuissant couroux,
Quand je suis aujourd'hui plus à plaindre que vous.
Dans ce qu'a fait Pierrot, que trouvez-vous d'étrange?

LA BAILLIVE.

Je crêve de dépit, & la main me demange...
Mais son Galant paroît; qui le conduit ici?
Quoiqu'il en soit, sçachons ce que fait le Bailly.

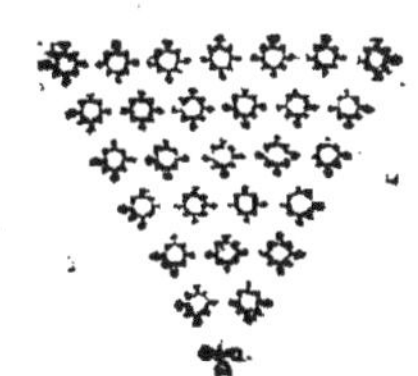

SCENE XIII.

PIERROT *l'épée à la main*, AGNE'S.

PIERROT.

GRace au ciel, escorté d'une troupe mutine,
Je puis vous dérober au sort qu'on vous destine.
De ces funestes lieux, ma chere, éloignons-nous.
Venez Agnés, venez, & suivez votre époux.

AGNE'S.

Qu'avez-vous fait, cruel, quel horrible tapage!
Ah! que je me repens de notre mariage!
Voila donc tout le fruit d'un funeste lien?
Votre crime aujourd'hui m'éclaire sur le mien,
Contre nous vous avez ranimé votre pere,
Nous serons les objets de sa juste colere;
Qu'allons-nous devenir, hélas! ce sont vos rats
Qui me jettent, cruel, dans tout cet embarras.

PIERROT.

Mocquons-nous de cela, prenons tous deux la fuite,
Nous pourrons de mon pere, éviter la poursuite,

Hâtez-vous ; ſuivez-moi.

AGNE'S.

Non, ne l'eſperez pas.

Pierrot, je crains le crime, & non pas le trépas :
Cette indigne action irrite ma colere,
Allez, dès ce moment appaiſer votre pere,
Et ſans pouſſer plus loin vos tranſports furieux,
Meritez votre grace, ou mourrez à ſes yeux ;
Je ſoufrirai bien moins du deſtin qui m'accable,
A vous perdre innocent, qu'à vous ſauver coupable.

PIERROT.

Les plaiſans ſentimens, vous avez l'air naïf,
Ainſi je vous plairois beaucoup plus mort que vif,
Je vous ſuis obligé de votre courtoiſie,
Mais, mon pere paroît, vous le voïez, ma mie,
Si nous étions ſortis, il arrivoit trop tard.

SCENE XIV.

LE BAILLY, LA BAILLIVE, AGNE'S, PIERROT.

LE BAILLY, *sans voir Pierrot.*

OU pourrais-je trouver mon fripon, mon pendard !
Si je l'attrape, il va païer pour tous les autres ;
Ah ! ah ! le beau garçon, vous faites donc des vôtres ?
Coquin, rends ton épée ou m'en perce le sein ;
Viens, avance...

PIERROT *jettant son épée.*

Ce mot l'arrache de ma main ;
Il me feroit beau voir vous pousser une botte,
Je voulois enlever mon Agnés, mais la sotte
N'a pas voulu me suivre, ainsi vous voïez bien,
Que dans ce que j'ai fait elle ne trempe en rien,
C'est sur moi seul que doit tomber votre colere,
Agnés n'est point coupable, & je le réïtere...

LE BAILLY.

Cesse de t'occuper de ces frivoles soins,
Tu la servirois mieux, en la défendant moins:
Je sçais ce que j'en crois.

PIERROT.

S'il faut qu'on la punisse,
Ne perdez point de temps, hâtez donc mon suplice;
Si-non, vous me verrez encor plus furieux,
Dès demain assommer, briser tout en ces lieux.
Par des torrens de sang, s'il falloit les répandre,
J'irai venger Agnés, n'aïant pû la défendre,
Et je n'excepterai dans un tel desespoir,
Que vous seule & Constance; à dieu, jusqu'au re-
voir.

SCENE XV.

LE BAILLY, LA BAILLIVE, AGNE'S, *Suite.*

LE BAILLY.

VOïez-vous ce coquin, comme encor il me brave ?
Qu'on aille l'enfermer dans le fond de ma cave :
Prévenons la fureur d'un tel emportement.

A la Baillive.

Et vous, gardez toûjours Agnés ſoigneuſement.

SCENE XVI.

LE BAILLY *ſeul.*

QUelques réflections ſont ici néceſſaires,
Pour balancer les droits des Baillis & des Peres.
Eh bien ! Bailly, tu dois punir un criminel !
Quoi, Pere, pourras-tu te montrer ſi cruel ?

Bailly, point de quartier, éxerce la justice...
Pere, ne permets pas que ton cher Fils périsse.
Non, je le punirai, c'est l'Arrêt du Bailli...
Oh! non pas, s'il vous plaît, vous en aurez menti.
Punissons...pardonnons...soïons dur...soïons tendre.
Hélas! dans cet état, quel conseil dois-je prendre!
Faites entrer les Grands; le Marguiller d'honneur,
Le Bedeau mon parent, & le Carillonneur,
Avec le Magister; dans une telle affaire,
L'avis de ces Messieurs me sera nécessaire.

SCENE XVII.

LE MAGISTER, ARLEQUIN *Bedeau*, LE MARGUILLER, LE CARILLONNEUR LE BAILLY.

Aprés qu'ils se sont assis.

LE BAILLY.

JE vois à ce soûpir, à ces pleurs, ce sanglot,
Que vous êtes instruits des frasques de Pierrot;

Que les enfans gâtez causent de maux aux Peres !
Vous êtes mes Parens, mes Amis, mes Comperes.
De grace, honorez-moi, de vos sages avis,
Il s'agit de punir ou d'absoudre mon fils.
Chaque jour à mes yeux son insolence augmente ;
Et non content d'avoir débauché ma Servante
Il a presque assommé mon Clerc, mon Jardinier.
A qui donc désormais pourrais-je me fier ?
Un fils pour qui j'ai fait éclater ma tendresse,
Ose pousser si loin sa fureur vengeresse !
J'en dois faire un éxemple, il m'a désobéi,
Je le ferai partir pour le Micissipi ;
Et me laissant guider par ma juste colere,
Je mettrai ma Servante à la Salpétriere.
Vous, Arlequin, parlez.

ARLEQUIN.

On ne sçauroit nier
Que toûjours le Bedeau doit marcher le premier ;
Mais j'attendois, Bailly, pour rompre le silence,
Que votre autorité m'en donnât la licence,
Je vais donc vous parler sans feinte & sans détour ;
Vous sçavez, pour Agnés, jusqu'où va mon amour,

Et

Et puiſqu'il faut ici que tout mon cœur s'épanche,
Je comptois ſûrement la tenir dans ma manche;
Mais j'ai fort mal compté. Pour mes feux quel échec!
Votre fils m'a paſſé la plume par le bec;
Et quoiqu'il ſoit l'auteur de mon ſort déplorable,
Je ne puis le haïr; car je ſuis un bon diable.
Vous vous plaignez qu'il a forcé votre maiſon;
S'il vous avoit donné quelques coups de bâton,
Il auroit plus de tort; excuſez la jeuneſſe,
Il ne venoit ici, qu'enlever ſa maîtreſſe:
Et quoique l'action vous ſemble un attentat;
Je n'y vois pas de quoi faire feſſer un chat.
Rendez-lui ſon Agnés; s'il le faut qu'il l'épouſe;
Ce mot ſort à regret d'une bouche jalouſe,
Mais, puiſque vous voulez enfin le châtier,
Le meilleur châtiment eſt de le marier;
Il en enragera; dans quatre jours peut-être,
Sa femme rabattra ſes airs de petit maître,
Pour ranger la jeuneſſe, il n'eſt que ce moïen,
Mon avis eſt fort bon, le vôtre ne vaut rien.
Nous avons de l'eſprit, & rien ne s'y dérobe;
Nous ne ſommes pas ſots, nous autres gens de robbe.

LE BAILLY.

Magiſter, c'eſt à vous de dire votre avis.

LE MAGISTER.

Il le faut avoüer, j'eſtime votre fils,
Son amitié pour moi ne s'eſt point rallentie,
Et je ne puis nier que je lui dois la vie.
Un jour, que j'étois yvre, il m'en ſouvient toûjours,
Ce genereux garçon me prêta ſon ſecours.
Accablé de ſommeil, étendu dans la place,
Moi-même j'euſſe été l'auteur de ma diſgrace;
Une charette alloit me paſſer ſur le corps,
Quand pour me relever il fait pluſieurs efforts,
Me charge ſur ſon dos, fier de ſon entrepriſe,
Comme Enée autrefois, porta ſon pere Anchiſe,
Pourtant, quoique ſenſible aux bontez de ce fils,
Si j'oſois m'expliquer . . .

LE BAILLY.

Achevez.

LE MAGISTER.

J'obéis.

Si vous ne puniſſez une telle inſolence,
Jamais vous ne ſerez chez vous en aſſûrance :

Puiſque vous êtes Juge, il faut le condamner,
Et vous ferez fort bien de le moriginer.
Son ſort me fait pitié, j'en pleure, j'en ſoûpire;
Mais aux ordres d'un pere, un enfant doit ſouſcrire.
C'eſt un petit mutin; quoi qu'il m'ait bien ſervi,
Je conclus avec vous, pour le Miciſſipi.

LE BAILLY *aux autres Conſeillers.*

Vous ne me dites rien, vous gardez le ſilence,
Meſſieurs, ah! je ſçais trop ce qu'il faut que j'en
penſe:
Qui ne dit mot conſent. Je condamne mon fils,
Je ne demande point là-deſſus vos avis,
La choſe eſt inutile, & n'en vaut pas la peine,
Car vous n'êtes ici que pour orner la Scene.

SCENE XVIII.

LE BAILLY *seul.*

MOn fils va donc partir pour le Micissipi ;
Mais que deviendras-tu quand il sera parti ?
Bailly trop malheureux ? te voila sans lignée !
Tu n'en peux esperer d'un second himenée ?
Ta race va finir, quel malheur pour l'Etat !
Dois-je immoler un fils aux clauses d'un contrat ?
Chacun avec raison dira que je radotte,
Et l'on m'enrollera bien-tôt dans la calotte.

SCENE XIX.

UN PAISAN, LE BAILLY.

LE BAILLY *au Païsan.*

QUe me veut-on ?

LE PAYSAN.

Agnés demande à vous parler :
Elle a quelques secrets, dit-elle, à réveler.

LE BAILLY.

Qu'elle entre.

SCENE XX.

AGNE'S, LE BAILLY, UN ARCHER.

LE BAILLY.

APprochez-vous, venez la belle fille,
Qui mettez le désordre en toute ma famille.

AGNE'S.

Votre couroux est juste, & loin de vous blâmer,
Je sçais que contre moi tout doit vous animer ;

Je ne résiste point au coup qui me menace,
Mais daignez m'accorder une derniere grace.
A mes vœux empressez ne la refusez pas :
Ordonnez à l'Archer qui suit ici mes pas,
Qu'il fasse éxactement ce que j'ai sçû lui dire,
C'est la seule faveur à laquelle j'aspire,
Dans l'état où je suis j'ose la demander.

LE BAILLY.

Faites ce qu'elle veut.

AGNE'S *à l'Archer.*

Revenez sans tarder.
Enfin je vais parler, rien ne doit me contraindre,
De toutes vos fureurs je n'ai plus rien à craindre;
Bailly, que la pitié ne vous retienne plus,
Tous mes crimes encor ne vous sont pas connus.
Armez contre mes jours votre pouvoir suprême,
Pour votre aimable fils, ma tendresse est extrême;
Et loin de redouter votre juste couroux,
Je vous dirai bien plus, Pierrot est mon époux.

LE BAILLY.

Votre époux! Ciel, qu'entens-je! ah! friponne,

ah ! coquine !
Avez-vous oublié votre basse origine ?
Mais pourquoi m'avoüer si tard un tel secret,
Dès le commencement, vous deviez l'avoir fait ;
Vous dire de mon fils épouse, & non maîtresse,
Mais vous avez voulu faire durer la Piece ;
Pour étaler ici tous ces beaux sentimens,
Que j'ai lûs & relûs cent fois dans les Romans.
Mon fils en pâtira...

AGNE'S.

Suivez-donc vos maximes,
On vous ameine encor de nouvelles victimes,
Voici du fruit nouveau qui vous est presenté ;
Voïons, si d'un Bailly toute la dureté,
Pourra...

LE BAILLY.

Dans ce moment, ma fureur redoublée...
Mais que vois-je ?

SCENE XXI.

Quatre ENFANS *amenez par une Nourrice*, AGNE'S, LE BAILLY, UN ARCHER.

AGNE'S.

Venez, famille désolée,
Venez, pauvres enfans, qu'on veut rendre Orphelins;
Venez faire parler vos soûpirs enfantins.
Approchez-vous, mes fils, voilà votre grand pere,
Embrassez ses genoux, appaisez sa colere.

LES ENFANS *à genoux devant le Bailly.*

Mon papa, mon papa, mon papa, mon papa.

LE BAILLY.

Et d'où diable a-t-on fait sortir ces Marmots-là?
Ais-je dans ma maison des chambres inconnuës?
Oh! pour le coup il faut qu'ils soient tombez des nuës,
Ont-ils pû parvenir à l'âge où les voilà,
Sans qu'aucun du logis ait rien sçû de cela?

AGNE'S.

N'y voïez point mes traits, n'y voïez que les vôtres,
Ils ignorent leur pere, ainsi que beaucoup d'autres:
Ces gages précieux que j'ose vous offrir,
Loin de vous irriter devroient vous attendrir.

LE BAILLY.

Pour prouver un himen, petite impertinente,
Vous montrez des Enfans? la preuve en est plaisante.

AGNE'S *lui montrant son Contrat de mariage.*

Vous me faites rougir, & c'est trop m'insulter,
En voïant ce contrat en pourrez-vous douter?

LE BAILLY *après l'avoir examiné.*

Ah! je ne dis plus rien, & cet acte authentique
Imposera du moins silence à la critique,

En regardant les Enfans.

Qu'ils sont jolis! gentils! j'en suis tout réjoüi,
Ils ressemblent au pere, on diroit que c'est lui.

Il les embrasse.

A toute ma tendresse enfin, je m'abandonne,

à l'Archer.

Faites venir mon fils, allez, je lui pardonne;

à Agnés.

C'en est fait, je me rends, & Pierrot est à vous,
Aimez plus que jamais, Agnés, ce cher époux;
Ma femme grondera, fera bien la mauvaise,
Mais je m'en mocque.

AGNE'S.

Hélas! que vous me comblez d'aise!
Mais d'où vient tout à coup la douleur que je sens?
Le cœur me bat, je tremble.... Eloignez mes Enfans.

LE BAILLY.

Quels transports imprévûs! quelle mouche vous pique?
Chere Agnés, qu'avez-vous?

AGNE'S *en criant.*

Seigneur, j'ai la colique.

LE BAILLY.

Ah! je me doute bien d'où peut venir cela,
Ma carogne de femme a joüé ce trait-là;
Quel tems a-t-elle pris pour un coup de la sorte?
Ma foi si j'en sçai rien, que le diable m'emporte;
Et de m'en informer je prends peu de souci,
Non-plus que de chercher remede à tout ceci.

SCENE XXII.

PIERROT *sans voir Agnés*, LE BAILLY, AGNE'S *évanoüie*, ARLEQUIN, LA NOURRICE.

PIERROT.

Soufrez qu'à vos genoux mon pere, je déploïe,
Tout ce qu'en ce moment, mon cœur ressent de joie.
Vous me rendez Agnés.

LE BAILLY.

Ah ! mon pauvre garçon,
Je vous la rends ici d'une étrange façon ;
Et nous avons compté tous les deux sans notre hôte ;
Votre Agnés va mourir... mais ce n'est pas ma faute.

PIERROT.

Ah ! voilà de ces coups, où l'on ne s'attend pas,
Quoi ! failloit il sa mort pour sortir d'embarras ?
Agnés, ma chere Agnés, pour jamais m'est ravie,
Ce fer m'est donc rendu pour m'arracher la vie.

Il veut se fraper.

LE BAILLY *lui retenant la main.*

Ah ! mon fils, arrêtez ...

PIERROT.

Pour quoi me secourir ?
Laissez-vous voir, mon pere, en me laissant mourir.

LE BAILLY.

Quel galimatias ! morbleu, quelle chimere !
Laissant mourir un fils, se montre-t-on son pere ?
Je veux que vous viviez.

PIERROT.

Et si je ne meurs pas,
Que deviendra Constance avec tous ses appas ?
Faudra-t-il l'épouser, s'en retournera-t-elle ?
Vous m'irez là-dessus chercher encor querelle.

AGNE'S.

A dieu mon cher époux, c'en est fait, je me meurs,
Venez à mes genoux étaler vos douleurs.

PIERROT.

Chere Agnés vous mourez : ô rigueur inhumaine.

ARLEQUIN.

Tirons tous nos mouchoirs, voici la belle Scene.

PIERROT *aux genoux d'Agnés.*

Pleurez, pleurez mes yeux, & fondez-vous en eau,
Puiſque ma chere Agnés va deſcendre au tombeau.
Hélas! ſi l'art eut pû rendre Agnés à la vie,
Que de gens en auroient ici l'ame ravie;
Le Spectateur n'eût pas été ſi conſterné,
Et ſur la bonne bouche, il s'en fût retourné:
Il le faut avoüer, c'étoit un coup de maître;
Mais ce qu'on n'a point fait, je le ferai peut-être,
Telle que l'on croit morte, ou prés du monument,
Revient ſouvent de loin, à la voix d'un Amant.
Revivez, chere Agnés, c'eſt moi qui vous en prie,....
Tenez, voilà de l'eau de la Reine d'Hongrie.

AGNE'S.

Quelle voix me rapelle, & m'arrache au trépas.

PIERROT.

Hé bien, qu'avois-je dit? Ne la voila-t-il pas?
Ah! que je ſuis content! puiſqu'Agnés n'eſt pas morte,
Chantons, cabriollons, & de la bonne ſorte.

Les Païſans & Païſannes viennent témoigner leur joie, & forment un Divertiſſement.

FIN.

APPROBATION.

J'Ai lû par l'ordre de Monseigneur le Garde des Sceaux, une Comedie qui a pour titre, AGNE'S DE CHAILLOT; & j'ai jugé comme tout le Public que les Tragedies les plus interressantes peuvent fournir la matiere d'une agréable Parodie. FAIT à Paris ce 23. Aoust 1723. DANCHET.

PERMISSION DU ROY.

LOUIS, par la grace de Dieu, Roy de France & de Navarre: à nos Amez & feaux Conseillers, les Gens tenans nos Cours de Parlement, Maîtres des Requêtes ordinaires de nôtre Hôtel, Grand Conseil, Prevôt de Paris, Baillifs, Sénéchaux, leurs Lieutenans Civils, & autres nos Justiciers qu'il appartiendra, SALUT: Nôtre bien amé le sieur DOMINIQUE BIANCOLELLI, Comedien ordinaire de notre trés-cher & trés-amé Oncle le Duc d'Orleans: Nous aïant fait supplier de lui accorder nos Lettres de Permission, pour l'impression d'un Ouvrage qui a pour titre, *Agnés de Chaillot*: Nous avons permis & permettons par ces Presentes audit sieur DOMINIQUE BIANCOLELLI, de faire imprimer ledit Livre, en telle forme, marge, caractere, conjointement ou séparément, & autant de fois que bon lui semblera, & de le faire vendre & débiter par tout notre Roïaume pendant le temps de trois années consécutives, à compter du jour de la datte desdites Présentes: Faisons défenses à tous Imprimeurs, Libraires & autres personnes, de quelque qualité & condition qu'elles soient, d'en introduire d'impression étrangere dans aucun lieu de nôtre obéïssance, à la charge que ces Presentes seront enregistrées tout au long sur le Registre de la Communauté des Imprimeurs & Libraires de Paris, & ce dans trois mois de la datte d'icelles, que l'impression dudit Livre sera faite, dans notre Roïaume, & non ailleurs, en bon papier & en beaux caracteres, conformement aux Reglemens de la Librairie: & qu'avant que de l'exposer en vente, le Manuscrit ou imprimé qui aura servi de Copie à l'impression dudit Livre, sera remis dans le même état où l'Approbation y aura été donnée, és mains de notre trés-cher & féal Chevalier, Garde des Sceaux de France, le sieur Fleuriau d'Armenonville; & qu'il en sera ensuite remis deux Exemplaires dans notre Bibliotheque publique, un dans celle de notre Château du Louvre, & un dans celle de notredit trés-cher & féal Chevalier, Garde des Sceaux de France, le sieur Fleuriau d'Armenonville: le tout à peine de nullité des Presentes, du contenu desquelles vous mandons & enjoignons de faire jouir ledit Exposant ou ses aïans causes, pleinement & paisiblement, sans souffrir qu'il lui soit fait aucun trouble ou empêchemens. Voulons qu'à la Copie desdites Presentes, qui sera imprimée tout au long au commencement ou à la fin dudit Livre, foi soit ajoûtée comme à l'Original : Commandons au premier notre Huiſſier ou Sergent, de faire pour l'éxécution d'icelles, tous actes requis & néceſſaires, ſans demander autre permiſſion, & nonobſtant Clameur de Haro, Charte Normande, & Lettres à ce contraires. CAR, tel eſt notre plaiſir. DONNE' à Paris le vingt-ſeptiéme jour du mois d'Aouſt, l'an de grace mil ſept cens vingt-trois, & de notre regne le huitiéme.

Par le Roi en ſon Conſeil CARPOT.

Il eſt ordonné par l'Edit du Roi du mois d'Aouſt *1686.* & Arreſt de ſon Conſeil, que les Livres dont l'impreſſion ſe permet par privilege de Sa Majeſté, ne pourront être vendus que par un Imprimeur ou Libraire.

Regiſtré ſur le Regiſtre V. de la Communauté des Imprimeurs & Libraires de Paris, page 328 N°. 616. conformement aux Reglemens, & notamment à l'Arreſt du Conſeil du 13. Aouſt 1703. A Paris le 4. Septembre 1723.

Signé BALLARD, *Syndic.*

Je ſouſſigné cede à perpetuité à Monſieur Flahault, Libraire de la Comedie Italienne, une piece de ma compoſition, intitulée : *Agnés de Chaillot*, ſuivant l'accord fait entre nous. A Paris ce 21. Aouſt 1723.

DOMINIQUE BIANCOLELLI.

Regiſtré ſur le Regiſtre V. de la Communauté des Imprimeurs & Libraires de Paris. page 329. conformement aux Reglemens, & notamment à l'Arreſt du Conſeil du 13. Aouſt 1703. A Paris le 4. Septembre 1723.

Signé BALLARD, *Syndic.*

www.ingramcontent.com/pod-product-compliance
Ingram Content Group UK Ltd.
Pitfield, Milton Keynes, MK11 3LW, UK
UKHW020405220726
13923UKWH00004B/1745

9 782019 322212